楚人入秦記

◎熊召政/诗书

◎王宽/题画

图书在版编目（CIP）数据

楚人入秦记/熊召政著；王宽绘.—西安：西安出版社，2011.3

ISBN 978-7-80712-746-8

Ⅰ.①楚… Ⅱ.①熊… ②王… Ⅲ.①诗词—作品集—中国—当代 Ⅳ.①I227

中国版本图书馆CIP数据核字（2011）第046235号

楚人入秦记 熊召政\诗书 王宽\题画

出版人：张军孝
责任编辑：陈凡 何岸
出版发行：西安出版社
社址：西安市长安北路56号
电话：（029）85253740 85210377
邮政编码：710061
网址：www.xacbs.com
印刷：万裕文化产业有限公司
开本：700mm×1092mm 1/16开
印张：5.5
版次：2011年4月第1版
2011年4月第1次印刷
书号：ISBN 978-7-80712-746-8
定价：48.00元

诗书画意总关情

——为熊召政、王宽诗书画合集序

吴克敬

何以解忧？在三国乱世里，枭雄曹操依赖的是杜康酒。到了今日，没人敢和曹操攀比，武既如此，文亦如此。但谁没有忧愁呢？贵为魏武帝的曹操有，贱为乞丐的人也是有的。的确是，所以为人，忧愁就如喜笑一样，是人不可剥夺的权利呢。就像现在的我，大的忧愁不好说，小的忧愁还是会不择时间、不择地点地袭扰我的。我用什么来解忧呢？恕我胆小，不敢剽窃曹操的发现，就只有自己去摸索了。我摸索的结果是，阅熊召政诗书，读王宽画意，倒是一桩很能解忧的乐事。

当然，最好是现场的阅读，那样的话，效果会倍加来劲。

2007年的暮冬时节，因为《羊城晚报》的约请，我为他们写了篇《缘结熊召政》的文章，老实记忆了我和这位仁兄的情谊。大家知道，以四卷本长篇小说《张居正》摘取第六届茅盾文学奖的他，其实先是以诗而名世的。那时的他在楚地一个叫英山县的文化馆做群众文化辅导工作，我亦在秦岭北麓的扶风县文化馆与他做着同样的事情；他出身木匠世家，我也木匠世家出身；他会一点木制手艺，我又粗通绳墨制作。许多的相同，让我对他心交很久，却无法促膝面谈。但我的心告诉我，我是热爱上了他了，并且又还热爱上了他的文字。我默默地阅读着，到了1980年，从《长江文艺》一月号上读到了他的诗歌《请举起森林般的手，制止》，我的心像是遭了电击，一下子狂跳起来。一时之间，全国轰动，几乎所有的报刊都有转载，二百一十八行的诗作，到后来整理诗评文章，竟然达三十余万字，而且可以肯定的说，未收集的评论文字绝对不止那个数。

理所当然，那首诗为他赢得了荣誉，在1979~1980年度全国中青年优秀新诗评选中，获得了大奖，一举奠定了他在中国诗歌界的地位。我敢说，中国的文学史在他跟前是绕不过去了，因为《请举起森林般的手，制止》这首诗，还因为二十三年后出版又获大奖的《张居正》这部长篇历史小说。

我敬佩熊召政的新诗，并敬佩他的长篇历史小说，此外还敬佩他的历史随笔和古体诗歌，以及他妙笔独运的书法。

很幸运地，在我从新闻岗位转移到文学的阵地上来，因为友人的一次聚会，使我认识了心仪已久的熊召政，并迅速升华为生命中不可多得的良师益友。记得2007年10月6日那天，他带着《风云三国志》摄制组自武汉出发，经南阳入陕西商洛，路上我俩通了电话，预计下午六时即可到达西安，而我刚好为他洗尘接风，然车过丹凤县入太白的山中，道路窄陡不说，偏又大雨不止，及到蓝田县境，堵车逾四个小时，快车变成了慢车。我在环城高速曲江入口处，不挪窝地等到他。把酒饕餮一毕，他兴之所及，讨来笔墨，为当天的情景，立就一首古诗，并浓墨重彩地写了出来。如今，这首《赠吴克敬》的诗，就醒目地悬挂在我新居的客厅里。

诗曰：

故人迎我曲江头，惆怅关中雨不收。

半日渭河消复涨，一行楚雁去还留。

天涯咫尺蓝田路，风雨栖迟太白秋。

夜半劳君仍久候，重逢一揖笑牵牛。

随着我俩友谊地进一步加深，他在此后的日子，多次入秦，我陪着他又去了翠华山、磻溪等地，他亦摘章拈句，为我和我的家人书墨了几首让人思之心动、目之亦心动的诗书作品，装了镜框，并排悬挂在我家的客厅里，成了到访我家的朋友们评论着并羡慕着的景象，为我家争分不少。

有人说了，在中国的文学圈子里，书法出众的有两位，北是贾平凹，南是熊召政，我以为此说不谬。近些年，他一个楚地才子，不断地入秦而来，与友人交，也与经济界和其他艺术门类的朋友相交，都是他口占手摹，为他的朋友书写了许多情难以却的诗文。这既是对朋友的一种馈赠，更是对他入秦的一种记录。

他打算把他入秦的诗文，以书法的方式出一本书，我插话了，说可以配上画一起出的。他欣然同意，我即力荐了画家王宽，以为他二人书画同辉，是可相得益彰的。

高原汉子王宽，纯然性情中人，喝酒大碗的最妙，吃肉大块的最好。就像贾平凹先生说他的那样："王宽是有才情的，又极勤奋，他的书法宽博滋润，画作则秀中有骨，意识现代，笔墨鲜活，观之遐想无限，陕北豪放地生人，艺术竟如此清明，日后必有大气候。"惜墨如金的贾平凹，把对王宽的评语用他那秃得犹如雕刀的笔锋，刻写在一纸白宣上，极见功力，又极见感情，可以说贾平凹是极赏识王宽的。我与平凹兄同事，回想他一生操弄文字，且又兼及书法绘画，他对谁这么慷慨过呢？也许有，但一定不是很多。后来，我又陆续品读了一些人对王宽的评价，有说他的绘画"气韵生动"、"山舞银蛇"的；还有说他"延续了一种灵动自由的活力表现"，"展示了自身对人生的体悟与思悟"。这么评价王宽，一点都不错，一点都不过，而我最为欣赏的是这两句评价他绘画的言语：

青山原不老为雪白头，

绿水本无愁因风皱面。

初识王宽，初识王宽的绘画，在我胸臆中反复轰鸣着的，总是这诗意的概括。后来，再见王宽，观画，闲聊，吃烟，酌酒，耳际还要突然反复的轰响，让我怀疑自己的耳朵，可否罹患了重闻症。我的怀疑是没有道理的，因为我知道，我所以出现这种幻视幻听的问题，概由于我倾慕于王宽做人的大气豪迈，和王宽作画的凛冽脱俗。

泼墨为山，留白是雪，静悄悄地，我站在王宽的身后，看他在画一幅“珠花瑞树琉璃界，岁日惊心去难留”的《南山飘雪》图，我以为他身在自己的画室里，心却在终南深山的雪瀑中。他凝神在一页雪样的纸宣前，如同山神的灵魂附着了他的身体，笔到处，奇峰突兀，巉岩孤悬，树木挺耸，人家隐现，不一会儿，即已满纸气象，让人真要拍案叫绝了。而且，我是真的情不自禁，为纵情挥洒的王宽叫了好呢！这幅画，他收在《新美术》王宽专刊里，被他刻意地安顿在头题作品的位置。在这期专刊里，山水画占了很大的分量，山水画中的雪景图又占了很大的分量，这是我所乐意见到的。对于王宽而言，他绘画的体裁十分广泛，花鸟是来得的，人物是来得的，而且都还来得异常精妙，很有他的特点。但我最为醉心的，依然是他的山水，以及他山水中的雪景。

在我的收藏中，就有王宽的雪景山水《故乡晴雪》、《雪染终南山》、《疏篱瑞雪》几幅画作，心痒的时候，我会找出来展读的，反复的展读揣摸，我以为王宽该是雪雕的呢!那么纯粹，那么雅洁，山是他的骨骼，雪是他的灵魂，雪填着山，山担着雪，踏雪攀山的是执着的王宽。由是我见，王宽在画室里与雪和山起舞时，他总会不能自禁地要停顿那么一小会儿，把笔墨抛在一边，双手捂在嘴上，轻轻地哈一口气，然后双手交错，或疾或徐地搓磨一阵。他那是摩拳擦掌吗？非也，他是在揣摸山的万端气象，雪的无尽气韵。一纸焦墨，几点淡彩，任凭王宽自由自在地涂抹了，再加上他娴熟的皴、擦、点、溺，不敢想象，也想象不到的一幅幅美不胜收的山水雪景，便霸占了我的眼睛。

我热爱着王宽，热爱着他的绘画，有机会把他和我同样热爱的熊召政先生拉扯在一起，合璧为一部诗书画的著作，该是他俩的一段佳话。拽绳结媒的我，可是太高兴了，为此我要感激他俩。同时还要感激张军孝和陈维礼两位贤达，他俩是促成此书出版的最为得力的人物。

2010年8月18日西安曲江

目　录

谒黄帝陵

一九九七年八月

曾经火种刀耕后，
应是龙吟虎啸前。
白马秋风宜北狩，
长河落日计南迁。
中原逐鹿铭千鼎，
社稷开疆化百蛮。
今到陵台低首颂：
我以我血荐轩辕。

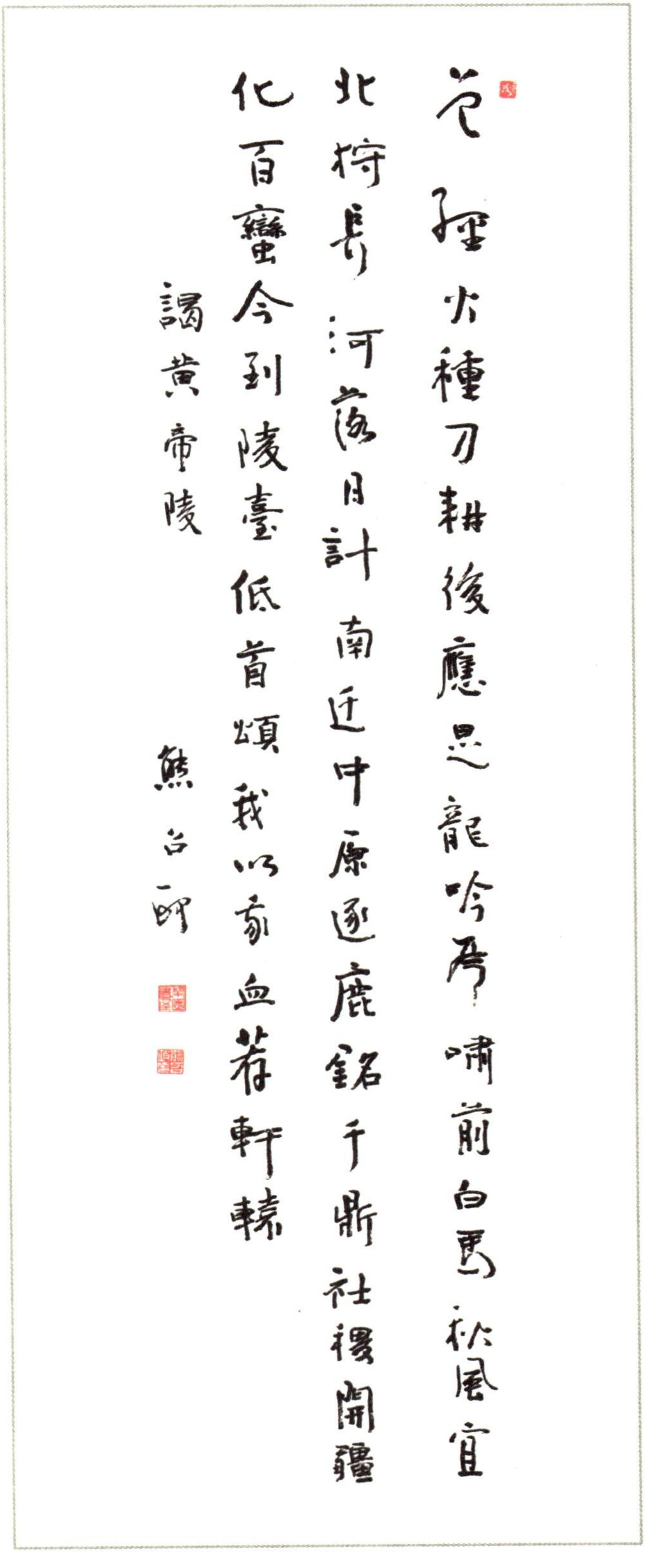
曾經火種刀耕後應是龍吟虎嘯前白馬秋風宜
北狩長河落日計南遷中原逐鹿銘千鼎社稷開疆
化百蠻今到陵臺低首頌我以熱血薦軒轅
謁黃帝陵
熊召政

经杀虎口
渡黄河入府谷

二〇〇四年八月二十六日
深夜靖边县城

谁唱走西口，大河胡地过。
风高秋壑老，滩险乱云多。
路尽山成涌，天荒月似戈。
靖边昏夜至，把酒话铜驼。

雁唱遠西口大河胡地過風高
秋聲老灘險亂雲多路盡山
城涌天荒月似戈靖邊昏宿
且把酒話銅駝

経殺虎口度黄河入府谷
零四年八月 谷晔

赠陈忠实

二〇〇五年四月二十日

题记 应《华商报》之邀，来西安签名售书。某日午间，主人假座『泼妇鱼酒家』宴请，与陈忠实先生得以重逢小酌，席间吟此四句以赠。

莽莽苍苍白鹿原，
无端歌哭在人间。
慕君一管烟霞笔，
尽蘸沧桑写史篇。

莽莽蒼蒼白鹿原無端歌哭在人間慕
君一管煙霞筆書蘸滄桑寫史篇

贈陳忠實

熊召政

谢平凹兄赠汉代小陶羊

二〇〇五年四月二十一

正欲随君怀念狼，长安却喜得陶羊。
黄泥一撮风霜在，乡土千年世味长。
人住秦川知祝福，梦追汉代话沧桑。
案头从此添灵气，何必凭栏对夕阳。

正欲隨君懷念根
長安卻喜得陶羊
黃泥一撮風霜在
鄉土千年古味長
人住秦川知祝福
夢追漢代話農桑
案頭從此添靈氣
何必憑欄對夕陽

謝平四兄貽漢代小陶羊

台一畊

登五丈原怀诸葛亮

二〇〇六年十月

卧龙离去千年后，
蜀水巴山响杜鹃。
归辇犹闻笳鼓壮，
卷戈谁抚铁衣寒。
苍天不遂英雄志，
大地空留烈士篇。
漫道金瓯能久缺，
陇头司马定中原。

臥龍離去千年後，蜀水巴山響杜鵑。
歸聲猶聞笳鼓壯，卷戈誰撫鐵衣寒。
蒼天不遂英雄志，大地空留烈士篇。
漫道金甌雖六缺，隴頭司馬定中原。

登五丈原懷諸葛亮 零六年十月 熊召政

西安华商报《文坛演义》百期纪念

二〇〇七年五月二十五日

敦信文坛能演义，
不教花月误佳期。
明朝执手云山远，
道是相思却别离。

题记

注：《文坛演义》乃是华商报之栏目，前日编辑王锋先生来电请我为其百期专版题诗纪念，并告知出满百期就停版，从此不复相见矣。

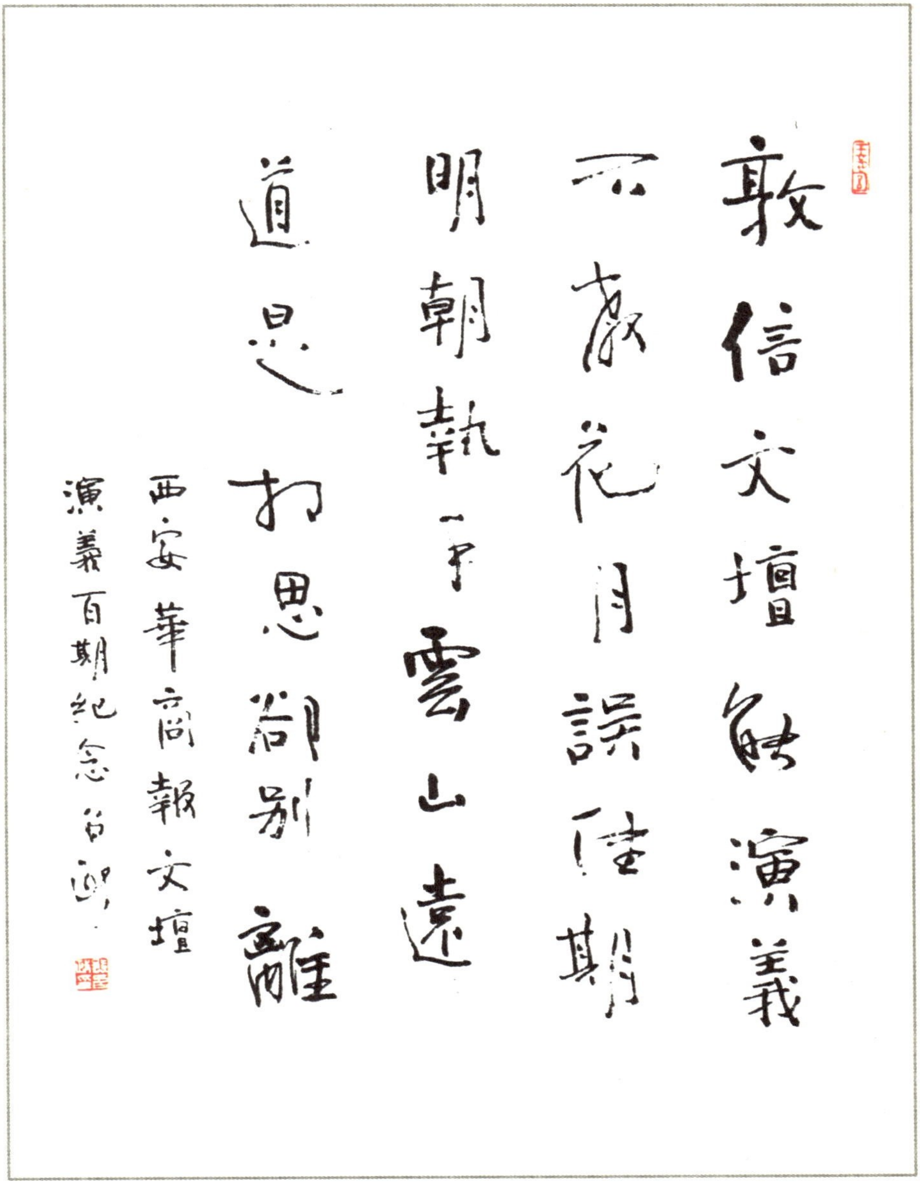
敢信文壇能演義
不教花月誤佳期
明朝執手雲山遠
道是相思卻別離
西安華商報文壇
演義百期紀念

赠吴克敬

二〇〇七年十月六日

题记 十月六日晨，我带着《风云三国志》摄制组自武汉出发，经南阳入陕西商洛，过丹凤县入太白山中，道路陡窄而大雨不止，原定下午六点可抵西安，不竟蓝田境内堵车约四个小时。快车变成慢牛，徒唤奈何。六时许，克敬兄即到环城高速曲江入口处等候，十时方迎得我们一行。惭愧感激之余，赋此作谢。

故人迎我曲江头，惆怅关中雨不收。
半日渭河消复涨，一行楚雁去还留。
天涯咫尺蓝田路，风雨栖迟太白秋。
夜半劳君仍久候，重逢一揖笑牵牛。

故人邀我曲江頭惆悵關中雨不休
半日渭河消復漲一行楚雁去還留
天涯咫尺藍田路風雨棲遲太白秋
宦半勞君何久候重逢一揖笑牽牛

秋夜雨中至西安贈吳克敬

伯郎

参观汉阳陵博物馆

二〇〇七年十月

题记 阳陵，汉景帝陵。文景之治是历史上有名的盛世。馆长伍保平先生陪同参观，请留诗，因有此作。

欣从盛世访阳陵，
原上秋风送仲春。
治国岂能轻百姓，
还从文景悟民心。

欣從盛世訪陽陵
原上秋風送仲春
治國豈能輕百姓
還從文景悟民心

參觀漢陽陵博物館　零七年十月　台卿

丁亥仲秋过凤县

二〇〇七年十月

一山苍翠分秦蜀
渭水嘉陵北复南
百里凤州秋色好
亦痴亦醉亦新鲜

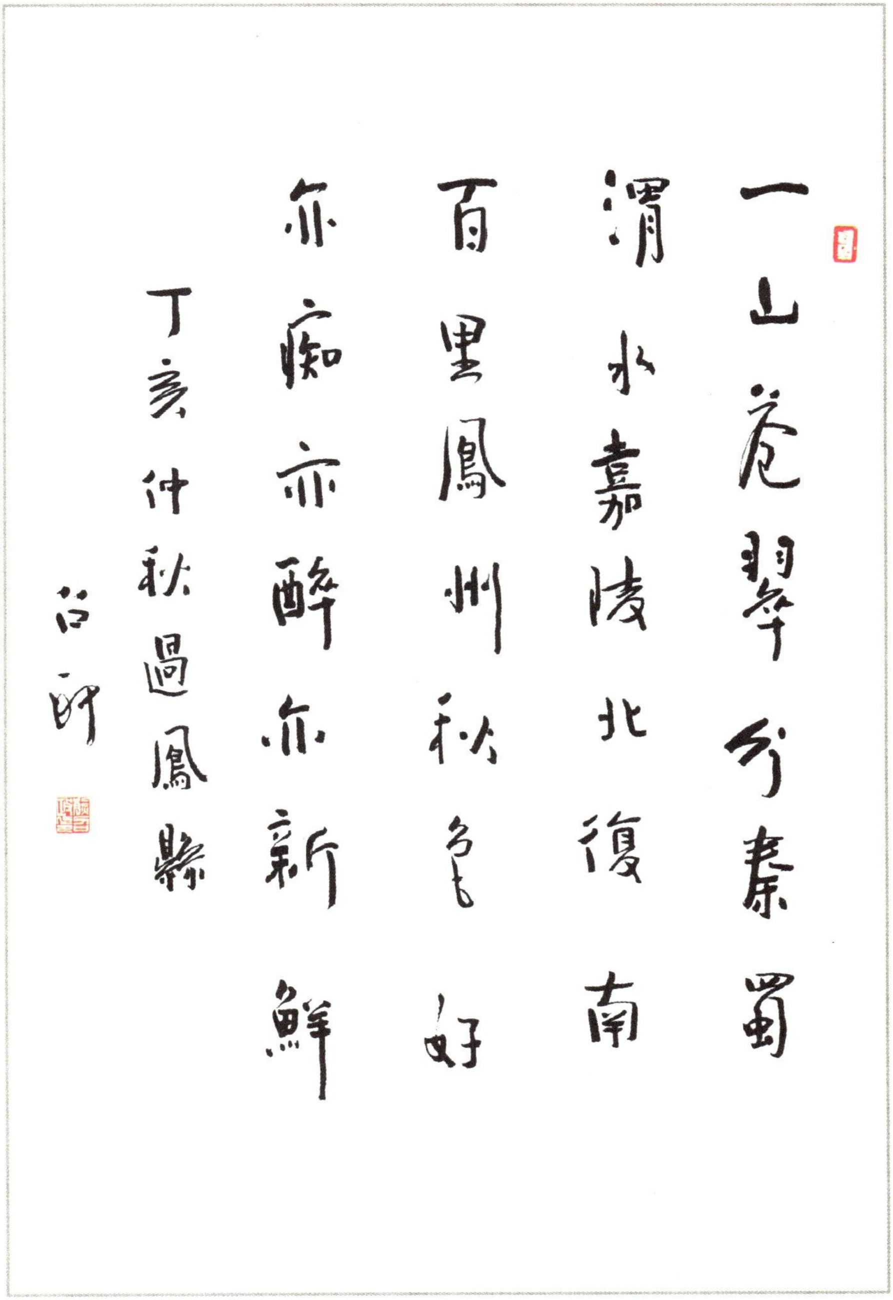
一山蒼翠分秦蜀
渭水嘉陵北復南
百里鳳州秋色好
尔痴亦醉亦新鮮
丁亥仲秋過鳳縣

游紫柏山题张良庙

二〇〇七年十月

英雄事业神仙愿，多少人生来了缘。
黄石赤松浑不见，只从此处借云山。

英雄事業神僊願多少人生未了緣
黃石赤松渾不見只從此處借雲山

游紫柏山題張良廟 乙未歲秋 熊召政

初到汉中赠文友王蓬

二〇〇七年十月

汉水嘉陵河两道，
秦岭巴山路七条。
人杰地灵风物好，
不逍遥者也逍遥。

漢水嘉陵河兩道秦嶺巴山路七條人
杰地靈風物好不逍遙者也逍遙

初到漢中贈文友王峰

白珂

寻石门不见

二〇〇七年十一月十二日

题记 汉石门，为褒斜古道中一座长十六米的人工隧道，二千年前刑徒所凿，为世界上最早的人工隧道。隧道中石刻众多，最著名的汉十三品书法石刻就在此洞中。一九六四年修筑褒河水库，石门沉入水底八十米深处。

仰慕汉石门，来到青山隈。
徘徊复徘徊，惟见褒河水。

仰慕漢石門，來到青山隈。徘徊復徘徊，惟見褒河流。

尋石門不見 古郎

登翠华山

二〇〇八年四月二十六日

题记 翠华山在西安南郊，秦岭中南段，为终南山的一座峰头。山中有堰塞湖一座，为二千余年前地震山石崩塌而成。余赴西安『三秦大讲堂』讲演之后，由吴克敬、陈乃霞夫妇陪同游览。

一山新绿半山花，石裂山崩出翠华。

谁到终南寻捷径，还从脚底认天涯。

一山新綠半山花
石裂山崩出翠華
誰到終南尋捷徑
還從腳底認天涯

登翠華山 白研

题姜子牙垂钓台

二〇〇八年四月二十八日

暮春时节到磻溪，
水复山重路欲迷。
辗转太公垂钓处，
布衣于此钓龙衣。

暮春時節到嶓溪水復山重路欲迷轅轉太公垂釣處布衣於此釣龍衣

題姜子牙垂釣臺

呂郎

游西安草堂寺

二〇〇八年八月十二日

题记 是日，受维礼兄之约，前往终南山下亚建高尔夫球场享受挥杆之乐。尔后由户县副县长杨帆先生陪同，前去草堂寺参观。草堂寺建立于五代十国时期之前秦（亦称姚秦），为鸠摩罗氏译经场。鸠氏于此居住十二年，译经四百余卷，对佛教东植功莫大焉。鸠氏圆寂后葬于此，至今他的灵塔在寺中完好无损。我来到寺门之前，该寺方丈性谛和尚已迎候于此。性谛木讷，说寺中事皆琐碎。但有件事让我震惊，他的师父前任方丈宏林老和尚于二〇〇五年圆寂时，烧出许多舍利。特别是舌头，完好无损，宛如一条墨玉。传鸠氏火化时，舌头亦如是。

圭峰山下草堂寺，
我在门前遇老僧。
闲话寺中瓜豆事，
芬芳一路到姚秦。

圭峰山下草堂寺我在門前
遇老佗閑話寺中瓜豆事芬
芳一路到姚秦

游西安草堂寺

游终南山净业寺

二〇〇八年八月十四日

下午山中雨，秋花起法筵。
净心先净业，成佛即成仙。
石级苔如昨，禅房云自闲。
赵州茶在手，半醉对终南。

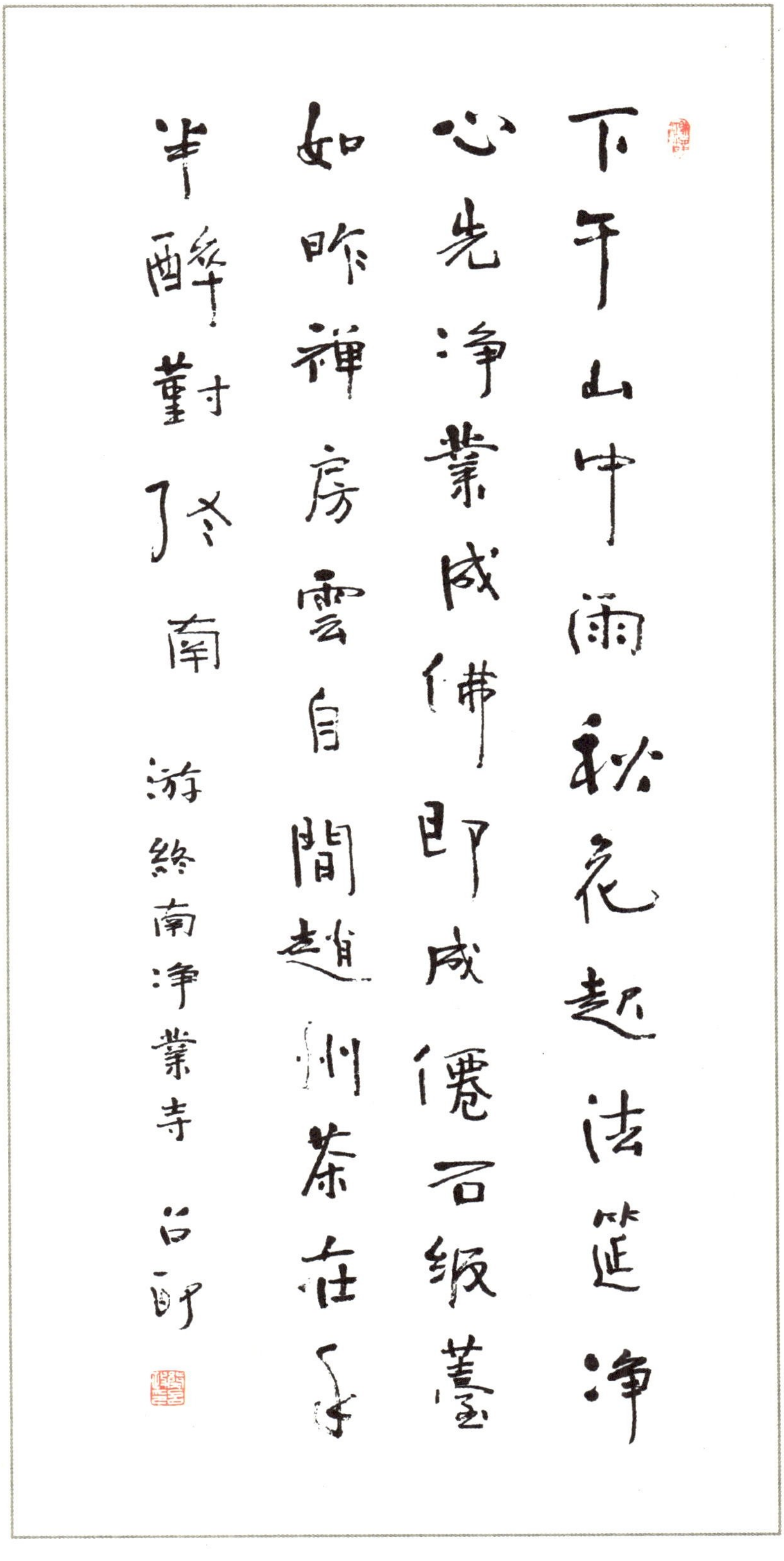
下午山中雨秋花起法筵淨
心先淨業成佛即成僊百級臺
如昨禪房雲自閒趙州茶在手
半醉對終南
游終南淨業寺

与平凹兄同游蓝田

二〇〇八年九月二十六日

清峪溪边路，寒来雨复晴。

苍崖多古意，流水洗尘心。

秋老烟如玉，云飞树似亭。

蓝田千载后，谁忆两贤人。

清峪溪邊路寒來雨復晴危崖多古意
流水洗塵心秋老煙如玉雲飛樹似亭
藍田千載後誰憶兩賢人

與平凹兄同游藍田 零八年九月 白郎

颂长安新气象

二〇〇八年十月十日

题记 三峡大坝建成后，中国部分地区气候产生巨大变化。因水位抬高，导致南方云气能够飞越秦岭，关中大地由此常得喜雨滋润，西安得利多矣。

漫说终南凌岱岳，唐魂汉骨铸长安。
而今三峡飞云雨，又润秦川八百年。

漫說終南凌岱岳
唐魂漢骨鑄長安
而今三峽飛雲雨
又潤秦川八百年

頌長安新氣象
呂政

游西安曲江池遗址公园忆盛唐气象

二〇〇八年十二月十日

长安自古帝王州，胜日常开曲水游。起宴舞时多丽色，有人家处尽风流。

芙蓉狼藉来龙马，弦管缤纷送锦舟。岁岁春花秋月下，争烧银烛照城头。

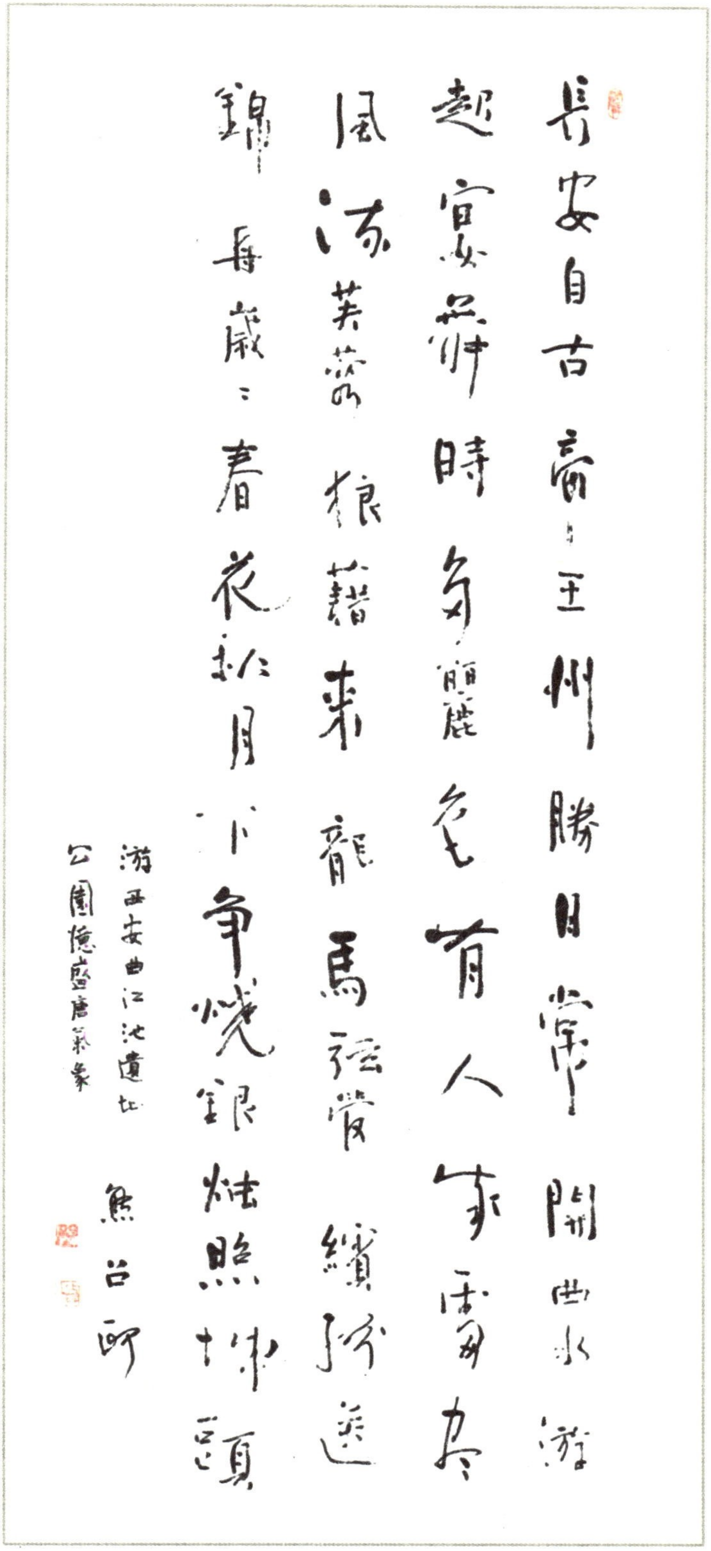

長安自古帝王州勝日常開曲水遊
錦每歲歲春花秋月下爭燃銀燭照樓頭
游西安曲江池遺址公園憶盛唐氣象

芳林苑席间即赋

二〇〇八年十二月十一日

题记 此来西安建筑科技大学讲学三天，李元先生假座『芳林苑』招待，期间席间即兴赋诗以表谢意。

莫言大梦醒来迟，好从别馆种相思。

盛唐自此燃灯下，虎啸龙吟且任之。

莫言大夢醒來遲好從別館種相思

盛唐自此燃燈下 虎嘯龍吟且任之

芳林苑席間即賦

零八年十二月 台郎

晨起书此赠声春兄

二〇〇九年四月十二日

山中岁月茅檐里，
燕子声声又一春。
老来且喜南窗下，
二三好友共清樽。

题记

声春乃西安城中茶客也。经商之余，邀二三好友端坐茶室，或读画、或挥毫，乐莫大焉。我每次来西安，必往其『家家福会所』享半日煮酒烹茶之乐。

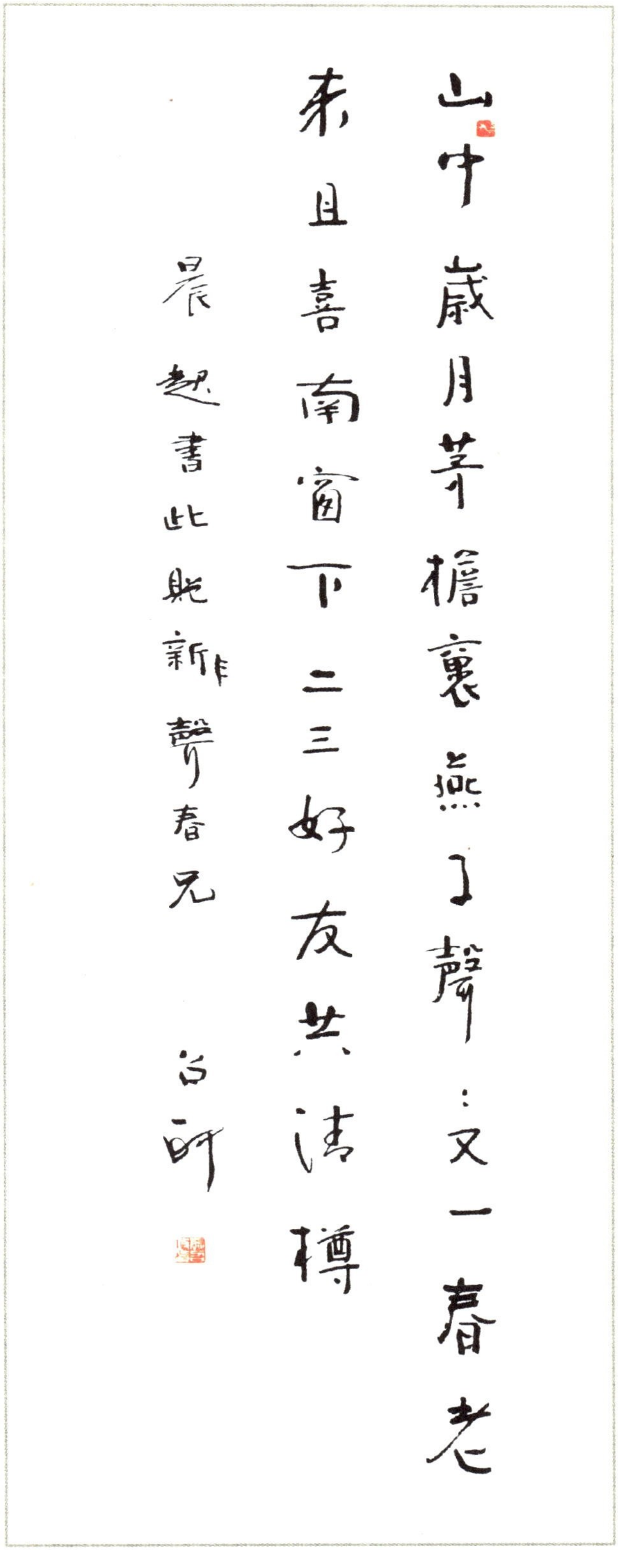
山中歲月茅檐裏燕燕聲聲又一春老
來且喜南窗下二三好友共清樽
晨起書此貺新作聲春兄

初登乐游原

二〇〇九年六月十七日

题记 汉唐两朝之乐游原，为长安胜地。诗人词客，于此留下佳句甚多。今之乐游原，已无复当年气象。吾友维礼，租得原上荒地，辟为高尔夫练习场，对原上文化，不无小补。练习场开业之时，维礼邀我登原挥杆。抚今思昔，遂有此作。

半藏忧患半逃禅，
冷坐蒲团热看山。
乐游原上今初望，
汉唐回首对秦川。

寺藏晨忠出逃禪
冷坐蒲團熱彩山
鄉游原上今初望
洋唐回首對秦川

惟禮兄陪同初登乐遊原　白研

赠马永庆

二〇〇九年九月十八日

题记 永庆先生，陕北之产豪客也。貌不甚伟而气势恢宏。参禅而不佞佛，嗜酒从不误事。指挥偌大企业，却依然不辜负楮墨风流，何其幸哉！

常慕仁兄热酒肠，
风流不见见佯狂。
寺中每与禅相约，
饮到三更月已苍。

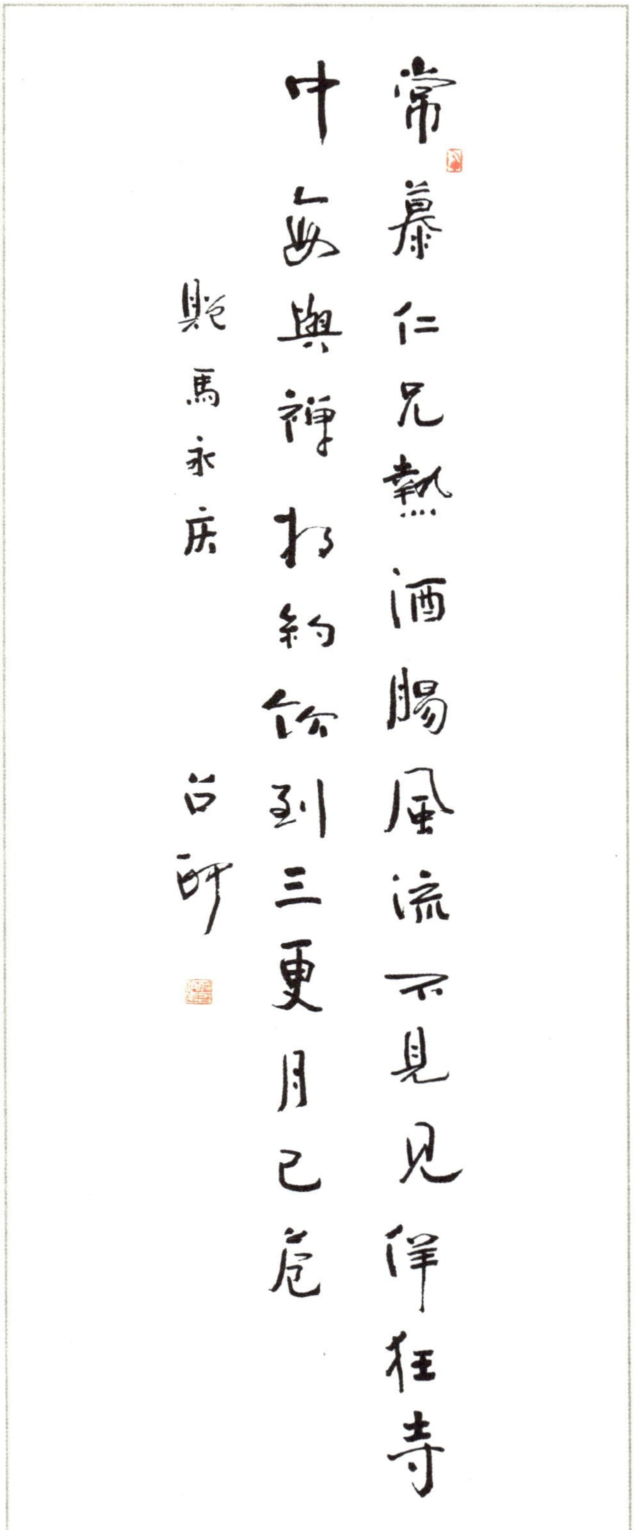
常慕仁兄熱酒腸風流不見見僧狂寺
中無與禪相約飲到三更月已危
贈馬永庆
呂研

过潼关口占

二〇〇九年十月五日

谁能仗剑出潼关，
马上英雄云外仙。
紫气千寻随我去，
芒鞋踏处是江山。

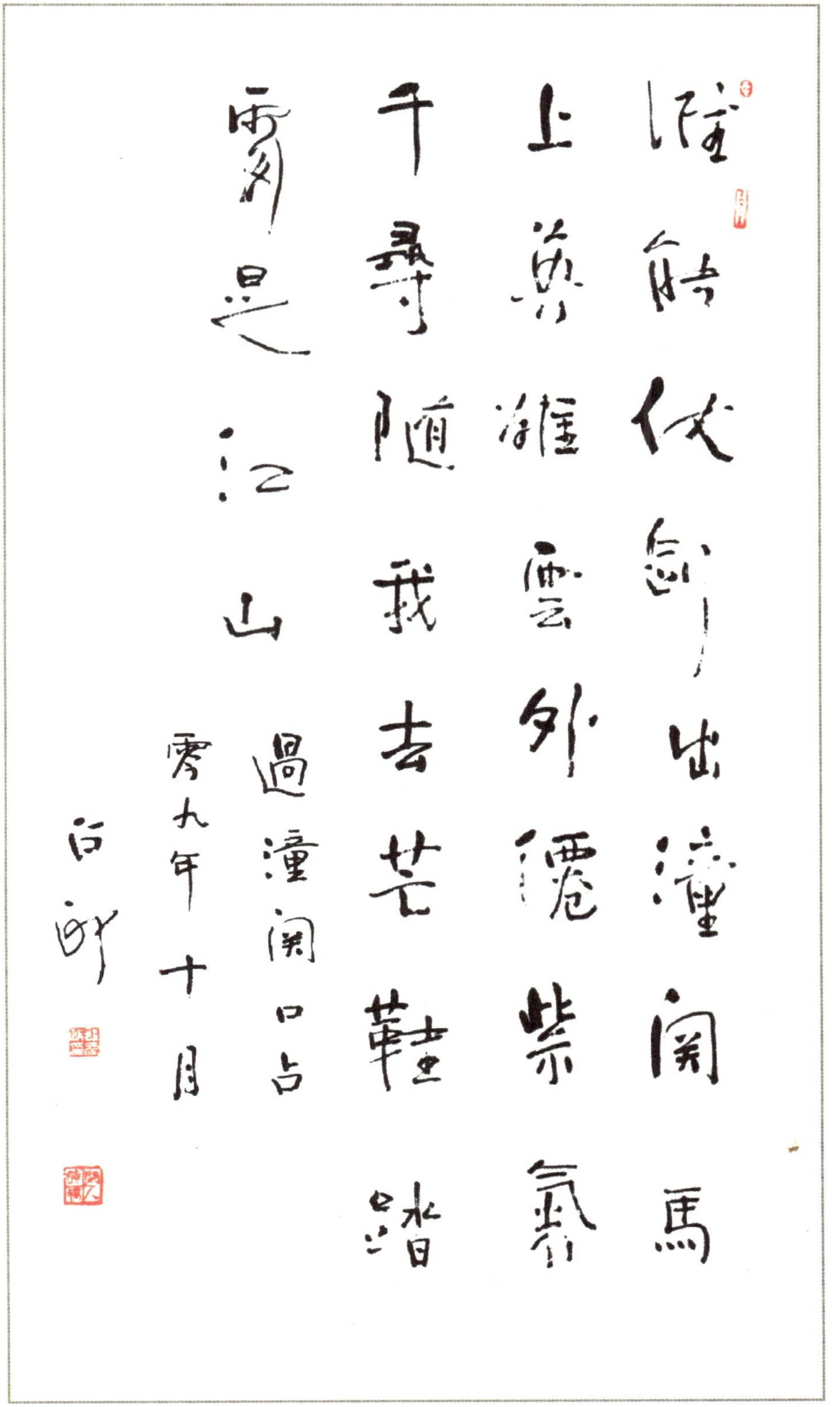
誰持仗劍出潼關馬
上蒹灘雲外靄紫氣
千尋隨我去芒鞋踏
霸是江山
過潼關口占
零九年十月
白郎

雨中『曲江别馆』开馆

二〇〇九年十月六日

题记 曲江别馆在曲江公园内，为二层小别墅。乃曲江文化开发区管委会建造。去年冬决定装饰为我在西安的雅聚之所。一楼陈设历届茅盾奖获得者介绍及作品。二楼为写字、品茶雅聚之所。该馆今年五月已装修好，因我没有时间来西安，故一直未曾举行开馆仪式。今日由曲江管委会副主任李元与我共同揭牌，参加仪式者都是我在西安的好友。文人之情趣，于此流溢。

楚人沉醉曲江头，锦绣长安一望收。
槛外烟波壶内酒，砚边春色掌中秋。

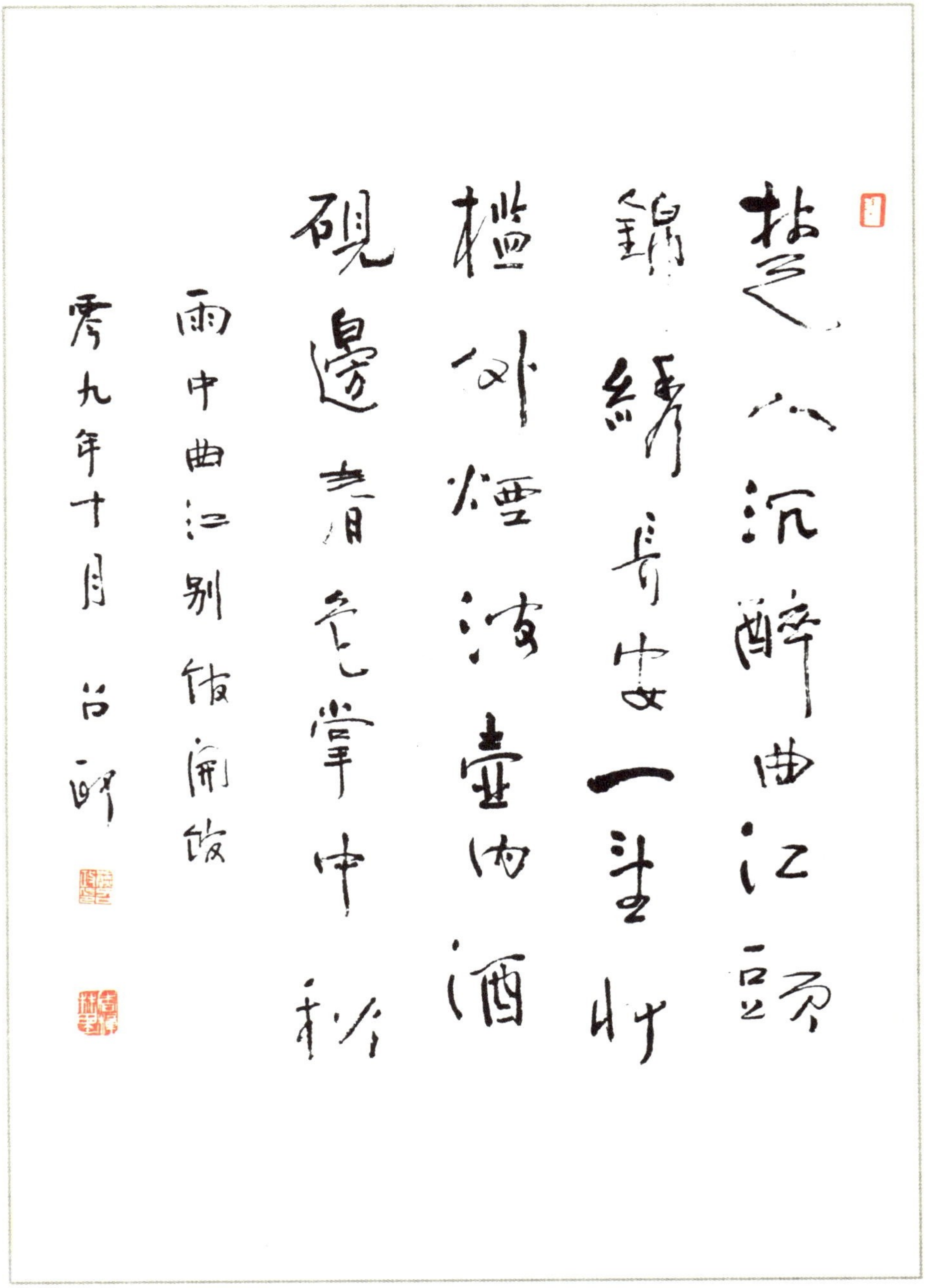
楚人沉醉曲江頭
檻外煙波壺內酒
硯邊青色掌中秋
零九年十月

听刘志刚先生弹古琴

二〇〇九年十月六日

茶烹秦岭雪，
酒赊洞庭月。
雁声渡汉水，
一阙复一阙。
阳关思故人，
三叠又三叠。
愿持塞下曲，
杯酒与君别。

题记

曲江别馆开馆之时，曲江文化局局长赵文涛先生应我所请，邀来古琴师刘志刚先生凑兴。吴克敬、李元、杜爱民诸多好友一边品陈年普洱，一边听琴。刘先生先后弹《平沙落雁》、《阳关三叠》、《洞庭水云》数曲。座中诸君皆叹其精湛琴艺，认为珍茗尚不足以遣其性，又换美酒，我则离席赋此诗以赠。

茶烹秦嶺雪酒賒洞庭月琴聲渡瀟水

一闋復一闋陽關思故人三疊又三疊願

持塞下曲杯酒與君别

听劉志剛先生彈古琴 呂明

听琴书问爱民老弟

二〇〇九年十月

题记 昨夜，维礼兄邀来诸多好友，假座亮宝楼宴会厅为我接风。喝五瓶茅台，尔后又喝数箱啤酒，人人皆有醉意。爱民酒力深厚，亦有八分醉意矣，故今日听琴，犹存恍惚。

半盏清茶一曲琴，
岭头秋色雨中云。
长安兄弟吟诗否，
昨夜归来酒八分。

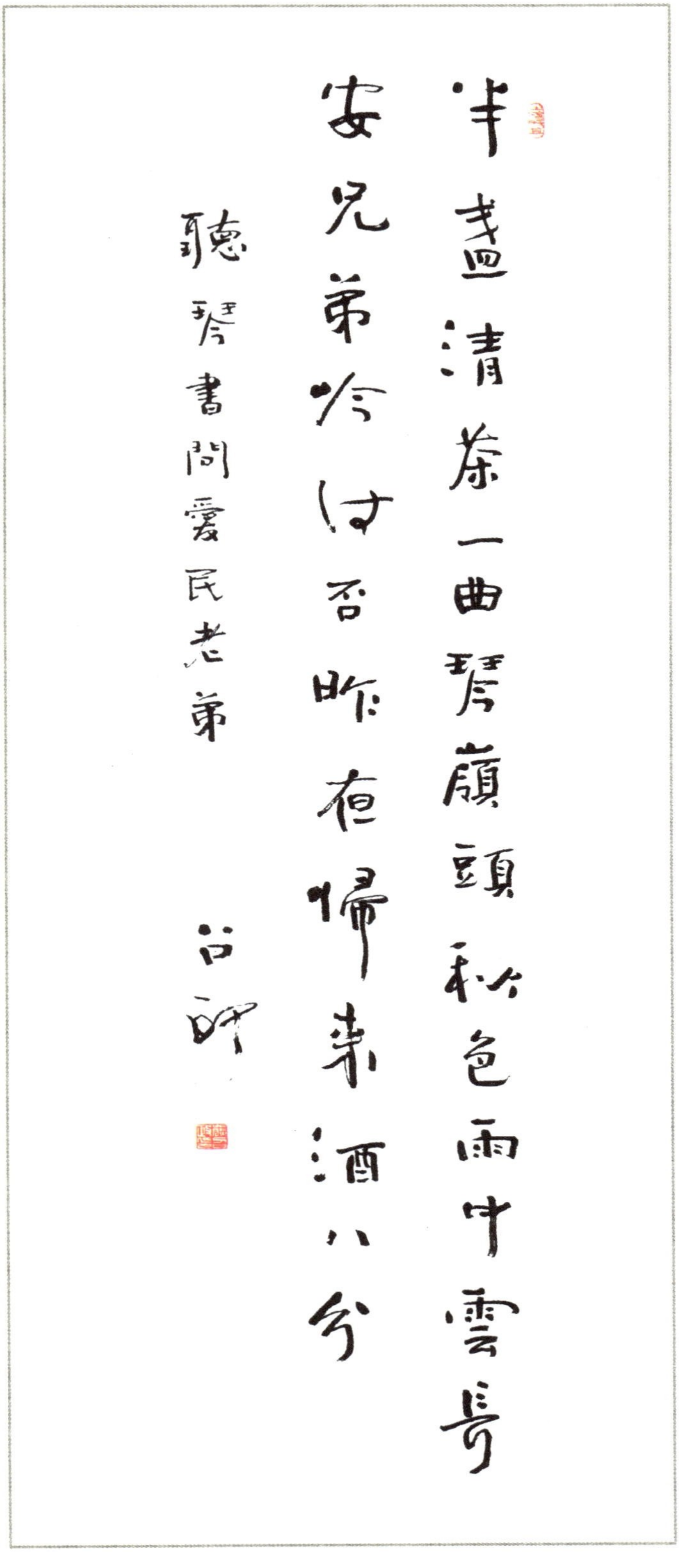
半盞清茶一曲琴嶺頭秋色雨中雲
長安兄弟吟付否昨夜歸來酒八分
聽琴書問夢民老弟

暴雪中过风陵渡赠东风老弟

二〇〇九年十一月十四日

前年曾记雪如沙，
一夜东风尽著花。
世事莫言难况味，
云烟过处看春华。

题记 十一月中旬，陕西山西一带忽降暴雪。我应邀前往山西师范大学讲学，东风与陈维礼作陪。车过风陵渡黄河大桥，遂下车步行。但觉寒气如刀。忽忆前年南方雪灾，东风亦曾短信问候，于是触景生情，口占答之。

前年亦記雪如沙，一夜東風吹着花。
老去莫言難況味，雲烟過眼亂春華。

暴雪中過風陵渡
贈東風老弟 白耐

登鹳雀楼答西安诸友

二〇〇九年十一月十六日

暴雪三天飞白日，
朔风千里走黄河。
故人问我归来否，
尚隔华山几道坡。

题记

自山西师范大学演讲归来，趁便游永济县鹳雀楼。登楼时已下午四点，雪意暂消，而冻云中显露太阳，正当年王之涣所见之『白日』也。眼前中条山为积雪所覆，而曲折之黄河横于归途。河东之华山时隐时现，西安朋友担心归路为冰雪所阻，屡屡电问行程，故于楼上作此以答。

暴雪三天飛白日朝風千里走黄河
故人問我歸來否 尚隔華山幾道坡

登鸛雀樓答西安諸友

白郎

蒋新伟招饮于西安南城，席间赋此

二〇〇九年十二月二十一日

不见渭河垂钓客，春风又送蒋山青。
慈悲入岁繁花下，应有人间不二门。

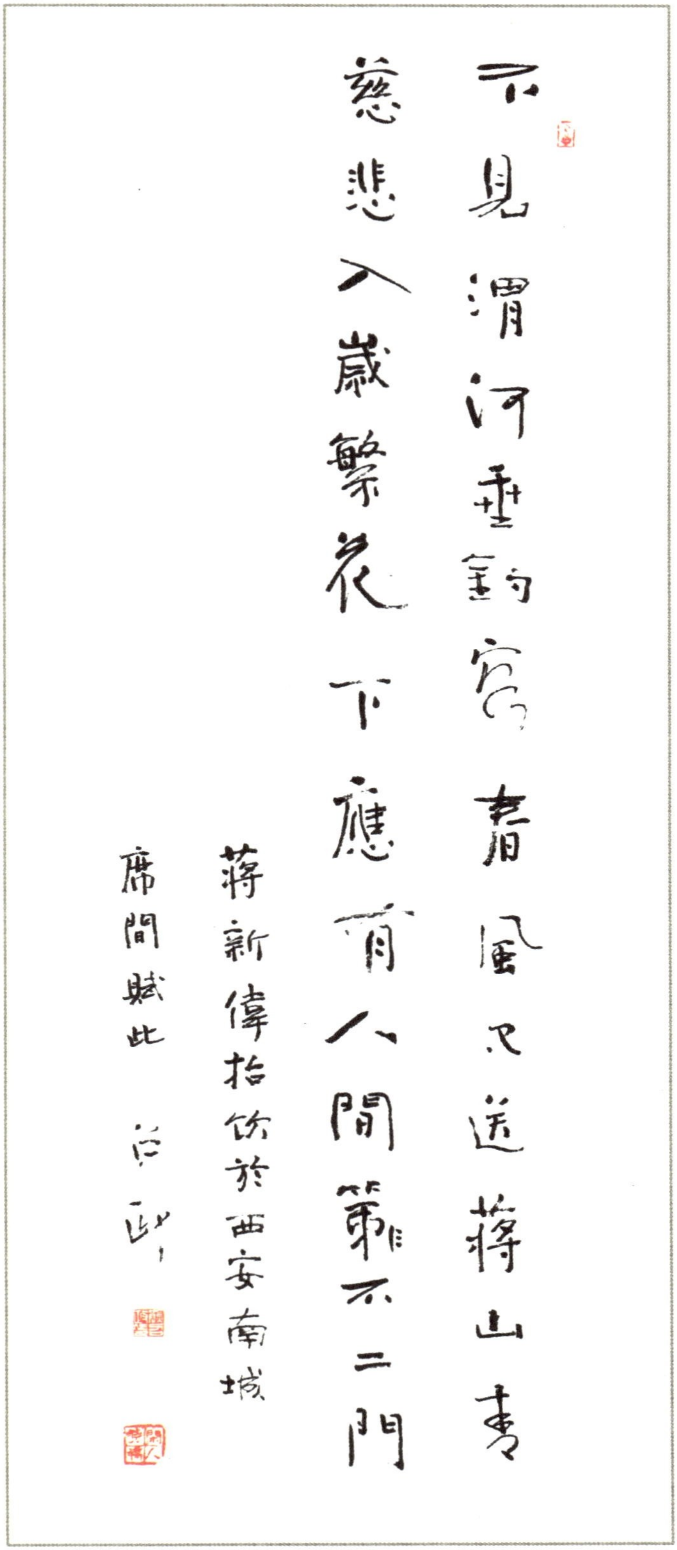
不見渭河垂釣客看風光送蔣山青
慈悲入歲繁花下應有人間第不二門
蔣新偉指飲於西安南城
席間賦此

前生

二〇〇九年十二月二十九日

前生君莫问，我从长安来。囊饱终南雪，诗穷渭水怀。

遇人皆剑侠，满眼尽仙胎。一笑乘云去，花开路亦开。

题记

近年来屡到西安，人皆谓我有长安情结。殊不知我一九九二年，即写有长诗《我从长安来》，极言汉唐之气象，乃中华崛起之目标。而汉唐凝铸之长安，亦我之精神故乡。

前生君莫問我從長安來壽
絕終南雪詩寫渭水懷遇人
皆劍俠滿眼春儒胎一笑乘
雲去花開路亦寬

白師

庚寅春节王锋自西安寄诗贺岁，复以诗答之

二〇一〇年二月十四日

西北诗声壮，长安年味浓。
千山春气薄，万户佛光重。
瑞雪飞唐阙，明霞覆汉宫，
寻春怜故国，车碾上元风。

西北詩聲壯長安年味濃千山春氣薄萬
户佛光重瑞雪飛唐闕明霞復漢宮尋春
憐故國車轍上元風

庚寅春節王鋒自西安寄詩
賀歲復以詩答之　台郎

文涛先生设宴『大唐芙蓉园』贺年，吟此答谢

二〇一〇年二月十七日

楚水秦山锦绣间，
几多箫鼓下楼船。
而今谁过蓝关去，
弹剑狂歌试卷帘。

楚之水秦山錦繡間幾多
簫鼓下樓船而今誰過豔
閑去彈劍狂歌試捲簾

文濤先生設宴大唐芙蓉園賀年吟此答謝 白明

春节入净业寺

二〇一〇年二月十八日

入门我比春先到，
披雪山中访画僧。
曾记前年秋月下，
住山佬处卧闲云。

题记 庚寅春节初一，净业寺主持本如用手机发来他拜年诗：『终南一夜雪，如入琉璃界。雪落空山寂，寺角有寒梅。』并邀我来山中赏雪。正月初三，我即携家人来西安，初四在友人永庆、维礼、东风、庆仁、武强、慧波等陪同下同上净业寺。本如知道我来，一宿未睡，为我画『山寺大雪图』见赠，我即写此以答谢。住山佬，本如和尚之别号也。

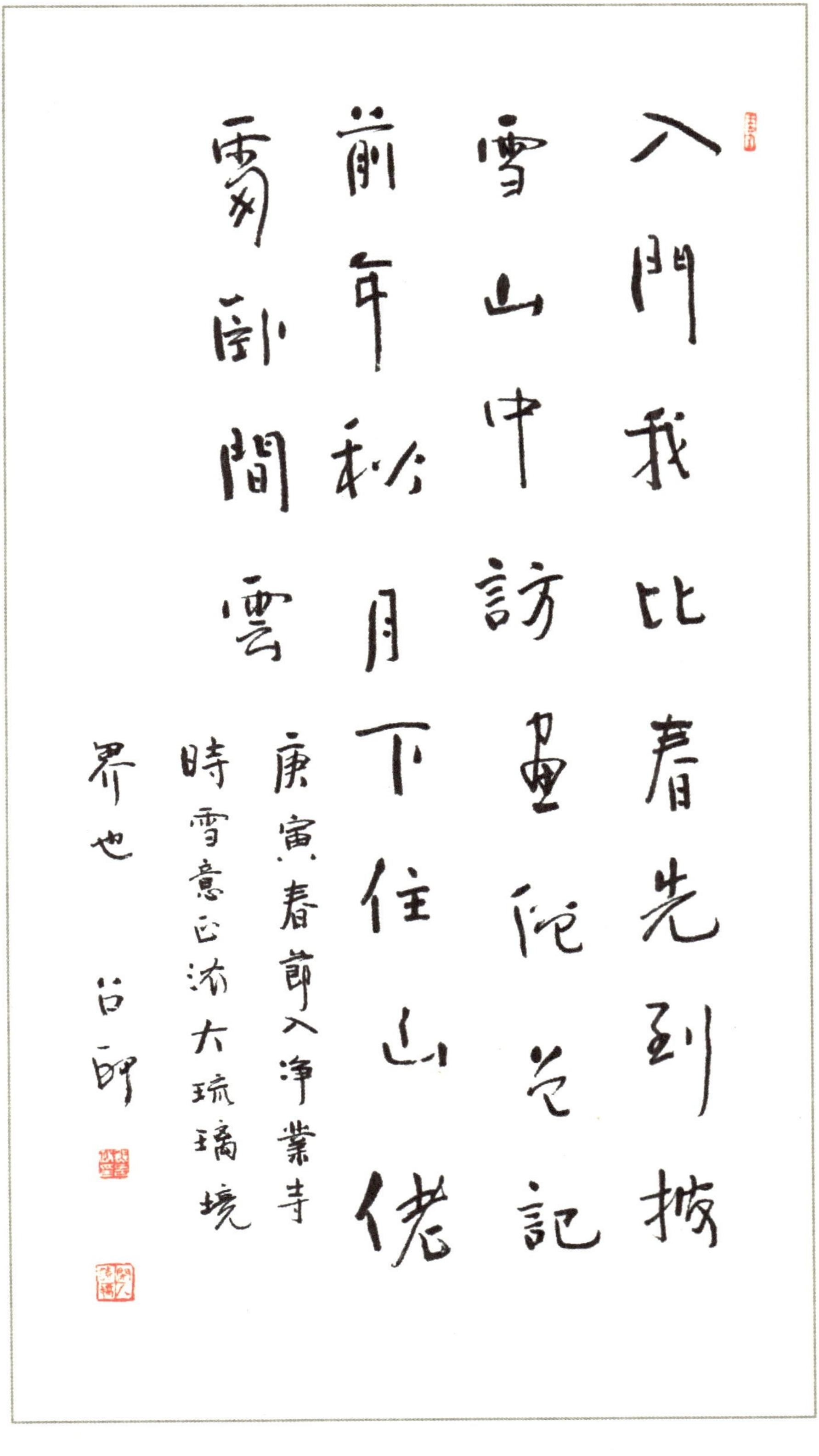
入門我比春先到撥
雪山中訪畫陀記
前年秋月下住山佬
霧卧閒雲
庚寅春節入淨業寺
時雪意正濃大琉璃境
界也

新大明宫词

二〇一〇年二月二十八日

忽忆曲江锦绣重，龙光曾射大明宫。
游人十里长安路，谁解灯花带梦红。

忽憶曲江錦綉重龍光色射大明宮
游人十里長安路惟解燈花帶夢紅

新大明宮詞

庚寅正月 台河

题王宽画意（一）

二〇一〇年四月十一日

千轴云烟化溪水，
尽流青黛到前山。
古松崖畔茅檐里，
可有高人试手谈。

千軸雲烟化溪水去流青黛到前山古松

崖畔茅檐裏可有高人試手談

題王寬畫意之一

庚寅仲春 熊召政

题王宽画意（二）

二〇一〇年四月十一日

睡起前窗看野云，
却疑三月雪纷纷。
桃花为伴苍崖古，
尽向村头醉路人。

睡起前窗霧野雲
却疑三月雪紛紛
桃花為伴蒼崖古
春向枝頭醉路人

題王寬画意之二　庚寅仲秋　熊召政

赠军孝先生

二〇一〇年四月十二日

看尽桃花兴已阑，
烟云随我到西安。
座中都是关中客，
饮到三分俗亦仙。

我來桃花興已闌
煙雲隨我到西安
座中都是閑中客
仍到三分似爾僊

微醺後贈軍孝先生
庚寅仲春